我真的好想贏

文　賽門·菲利浦　　　圖　露西雅·嘉吉奧提　　　譯　黃筱茵

今天是運動會，我真的迫不及待！
我已經想好要怎麼慶祝，
因為我一定會表現得超帥。

我會贏得勝利！

整個早上我都在做各種練習。
我覺得自己很強壯，什麼項目都沒問題。

我會把所有獎盃都搬回家裡，

每個項目我都會贏。

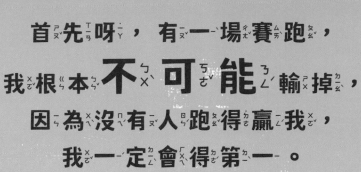

首先呀，有一場賽跑，
我根本**不可能**輸掉，
因為沒有人跑得贏我，
我一定會得第一。

我跑得超快，遙遙領先，
勝利就在眼前……

噢ㄨ，糟ㄗㄠ糕ㄍㄠ！ 我ㄨㄛ跌ㄉㄧㄝ了ㄌㄜ一ㄧ跤ㄐㄧㄠ！

有ㄧㄡ人ㄖㄣ超ㄔㄠ越ㄩㄝ我ㄨㄛ，把ㄅㄚ我ㄨㄛ甩ㄕㄨㄞ掉ㄉㄧㄠ。

現在我**沒辦法贏**了。

可是沒關係，還有很多比賽可以贏……
比如拔河！
這項比賽我可從來沒有輸過。
這次我一定會贏！

我使^{ㄕˇ}盡^{ㄐㄧㄣˋ}全^{ㄑㄩㄢˊ}力^{ㄌㄧˋ}，
準^{ㄓㄨㄣˇ}備^{ㄅㄟˋ}好^{ㄏㄠˇ}好^{ㄏㄠˇ}戰^{ㄓㄢˋ}鬥^{ㄉㄡˋ}一^{ㄧˋ}場^{ㄔㄤˇ}……

可是ㄕ她ㄊㄚ比ㄅ我ㄨ高ㄍㄠ又ㄧㄡ比ㄅ我ㄨ壯ㄓㄨㄤ了ㄌㄜ足ㄗ足ㄗ兩ㄌㄧㄤ倍ㄅㄟ！
我ㄨ根ㄍㄣ本ㄅ就ㄐㄧㄡ贏ㄧ不ㄅㄨ了ㄌㄧㄠ她ㄊㄚ。

好吧，看來運動不是我的強項，
雖然之前我運氣不好，
但明天肯定不一樣。

我會想辦法贏得不同的比賽。

Cakes! 蛋糕

參加英文拼字比賽
我可能很厲害……
坦白告訴你吧，
這個項目我可是高手。
就算不知道答案，
也有辦法猜出來。

芭蕾舞

學重 WEIGHTLIFT

SPELLiN 拼字 比賽 BEE

GUGLIELMO
COMPETITION

DRAWING

贏ㄧㄥˊ得ㄉㄜˊ勝ㄕㄥˋ利ㄌㄧˋ的機ㄐㄧ會ㄏㄨㄟˋ，就ㄐㄧㄡˋ在ㄗㄞˋ眼ㄧㄢˇ前ㄑㄧㄢˊ！

我很厲害，一個字接一個字往下拼，
不過現在難關來臨，
我有辦法拼出「腹語術」的英文嗎？

為什麼我就是沒辦法贏？

雖然這些事讓我很想哭，
我還是願意嘗試不同的比賽，
接下來的舞蹈比賽，
我使出渾身解數，一定要贏！

我旋轉、跳躍，轉圈又迴旋，
我左搖右擺，原地旋轉，
最後華麗的停下舞步！

這下子我一定會贏！

沒想到啊， 另一個女孩的舞步，
贏得評審們的讚賞，
讓她贏得舞蹈皇后的大獎。

為ㄨㄟˊ什ㄕㄣˊ麼ㄇㄜ˙每ㄇㄟˇ次ㄘˋ都ㄉㄡ是ㄕˋ她ㄊㄚ贏ㄧㄥˊ？

收集獎盃、獎章、閃亮亮的東西，
舉著一堆戰利品，是我最拿手的事情。

最重要的事就是得第一！

我（ㄨㄛˇ）真（ㄓㄣ）的（ㄉㄜ˙）好（ㄏㄠˇ）想（ㄒㄧㄤˇ）贏（ㄧㄥˊ）！

所以這場捉迷藏比賽，
我已經拼命找了好久好久。

可是她就連一個影子都沒有！

我ㄨㄛˇ放ㄈㄤˋ棄ㄑㄧˋ了ㄌㄜ，看ㄎㄢˋ來ㄌㄞˊ我ㄨㄛˇ沒ㄇㄟˊ辦ㄅㄢˋ法ㄈㄚˇ贏ㄧㄥˊ！

不過接下來的比賽⋯⋯
她竟然沒有得第一？ 怎麼可能！
這時候， 我才懂⋯⋯

她不見得總是會贏。

奇怪的是，她好像並不介意。
她不但沒得第一，成績還幾乎墊底，
她告訴比賽的贏家……

「你贏得有理。」

接著，她抱住我說：
「誰都不可能永遠保持領先，
用心享受妳愛的事物才是重點！

根本不一定要贏！」

所以，喜愛烘焙的我，
全心全意製作
我最愛、最美味的蛋糕——
不在意這次會不會贏。

事實上，我得說
這真是最美妙的一天！
原來我根本不需要得獎，
也不必在意自己會不會贏。

我朋友說，她覺得我可以再試一次，
她發現了一項**我可能會贏**的賽事！

大賽！

這場蛋糕大賽的成品真了不起！
每個蛋糕看起來都美味又神奇。
我的作品還算可以，
只是我不期待會贏。

開始評分，
到底哪個蛋糕會得冠軍？
誰都可能得第一，
每個人的作品都值得肯定！

輸了也沒關係，實在不要緊。
畢竟這場比賽勢均力敵。

話雖如此，我朋友沒有說錯！她告訴我……

獻給莎蓮娜──全心全意感謝你

SP

獻給艾瑞兒和泰拉

希望這本書永遠能夠提醒你們，你們是用熱情贏得勝利。

記得路坦特也很愛你們唷

LG

文／賽門·菲利浦　圖／露西雅·嘉吉奧提　譯／黃筱茵
主編 胡琇雅　行銷企畫／倪瑞廷　美術編輯／蘇怡方
董事長／趙政岷　第五編輯部總監／梁芳春
出版者／時報文化出版企業股份有限公司
108019台北市和平西路三段240號七樓
發行專線／（02）2306-6842
讀者服務專線／0800-231-705、（02）2304-7103
讀者服務傳真／（02）2304-6858
郵撥／1934-4724時報文化出版公司
信箱／10899臺北華江橋郵局第99信箱
統一編號／01405937
copyright © 2021 by China Times Publishing Company
時報悅讀網／www.readingtimes.com.tw
法律顧問／理律法律事務所　陳長文律師、李念祖律師
Printed in Taiwan
初版一刷／2021年12月3日
初版三刷／2023年3月13日
版權所有 翻印必究（若有破損，請寄回更換）
採環保大豆油墨印製